LOUIS PIEROTTI

A BON CHAT BON RAT

PROVERBE EN UN ACTE

Représenté sur la scène du Gymnase, à Marseille

le 27 Avril 1886.

LUI   ELLE

M' O. J. Roche   Mme Roche-Lanzy

PARIS

PAUL OLLENDORFF

ÉDITEUR

28 *bis*, rue de Richelieu

1886

A BON CHAT BON RAT

LOUIS PIEROTTI

A BON CHAT BON RAT

PROVERBE EN UN ACTE

Représenté sur la scène du Gymnase, à Marseille
le 27 Avril 1886.

PARIS

PAUL OLLENDORFF

ÉDITEUR

28 bis, rue de Richelieu

1886

PERSONNAGES

LUI (30 à 35 ans; célibataire).

ELLE (30 ans; coquette).

Un Domestique.

Mise en scène de M. DUCHESNOIS

La scène représente un intérieur de garçon :
un petit salon de deux plans. — Portes au fond et dans le
pan coupé gauche ; tentures aux portes. — Une fenêtre
dans le pan coupé droit.— Aux premiers plans : à gauche,
une cheminée ; à droite, une console surmontée d'une
glace. — De chaque côté de la porte du fond : meuble et
sièges. — En haut de la cheminée, un fauteuil ; sur ce
fauteuil, un paletot.— Un peu plus loin, face à la cheminée :
une table avec journaux, encrier, papiers, etc. — A gauche,
premier plan, entre la cheminée et la table : un pouf. —
Une chaise à droite de la table. — A droite de la scène :
d'abord, un fauteuil ; puis, un guéridon ; ensuite, une causeuse
posée obliquement de bas en haut avec un passage entre
elle et le guéridon ; sur le dossier de la causeuse : un
habit. — Sur le meuble fond droit : une perruque de
vieillard, un faux-nez. — Sur la cheminée : pendule,
candélabres allumés, un révolver, un bougeoir. — Sur le
guéridon : une montre, un portefeuille. — sur le meuble
fond gauche : un chapeau.

N. B. *Les indications de mise en scène sont prises de la salle.*

A BON CHAT BON RAT

PROVERBE EN UN ACTE

SCÈNE 1

LUI (est assis à droite de la table, lisant un journal, en robe de chambre. — Au lever du rideau, il dépose sur la table, le journal. Regardant la pendule)

Vrai, voilà bien la troisième fois que je me surprends à regarder la pendule, comme un amoureux impatient ; et l'aiguille semble conspirer contre mon impatience même : l'heure est invariable, toujours onze heures. (Il se lève, passe devant la table, et vient écouter la pendule sur la cheminée). Parbleu oui, je crois bien qu'elle est invariable. En voilà une que ces dames devraient prendre pour modèle.

Arrêtée sur un point, elle y est fidèle, rien
ne l'en fera démordre, allez. (Il redescend) J'ai
beau désirer depuis trente minutes, au moins,
qu'elle fasse un tour de plus, la méchante
aiguille se moque de moi. (Il va prendre sur le
guéridon de droite une montre et revient vers la pendule
qu'il met à l'heure) Voilà ; minuit douze, et encore
douze, bonne mesure !..

(En remontant fond gauche, il ôte lentement sa robe de
chambre qu'il dépose à gauche de la porte du fond. Il est
en tenue de soirée moins l'habit.)

Au fait, que m'importe cette heure tardive ;
le bal n'atteint guère son maximum de gaîté
qu'à une heure environ ; il est temps encore ;
(Il redescend au-dessus de la causeuse pour prendre l'habit)
et puis, ai-je jamais beaucoup espéré m'y
amuser à leur bal.

(Il passe les manches lentement, entre la causeuse et la
console, devant la glace qui la surmonte)

... Non, pas du tout ; je prévois au contraire
que je vais m'y ennuyer très fort. J'y connais
trop de monde ; (il descend avant-scène gauche) et
pour s'amuser, au bal surtout, avec les
gens qu'on connaît trop, rien à faire ! Bah !
(Il remonte entre le guéridon et la table) allons-y
tout de même ; d'ailleurs, j'ai mon idée ;

(il redescend devant la table sur laquelle il s'assied) on compte tout juste sur ma présence : moi l'homme blasé sur toutes les coutures, et sceptique, avec ça, comme un abbé qui a bien dîné, devant un plat de légumes. On m'invite à cause de mes anciennes relations, mais, au fond, on sait très bien que je n'irai pas ; que dis-je même, on le sait, on y compte assurément. Aussi, vais-je à leur bal incognito :

(Il indique le meuble fond droit, vers lequel il remonte pour prendre la perruque et le faux-nez.)

Je supprime d'un coup les inconvénients et je garde pour mon compte les petits bénéfices de la situation.

(On entend au dehors la sonnette de la rue qui tinte deux fois. Il répète les coups de sonnette).

Un... deux... (Il va vers la fenêtre et regarde en bas) Tiens, la voisine du second. (Il indique l'étage au-dessous.)

.... Déjà rentrée, un soir de bal ?..

(Il se rapproche de la porte et écoute encore)

Oui, oui, c'est bien elle.

(Il descend au milieu en déposant en passant sur la table de gauche la perruque et le faux-nez.

Ah çà ! est-ce que cela me regarde ? Cet idiot de Jacques qui me blaguait, pas plus tard qu'hier, d'avoir, là, à deux pas de moi, une jolie pécheresse et de n'avoir pas tenté le plus petit coup de filet... (Avec suffisance) Mon Dieu non ; je n'ai même pas péché par ignorance, car je la connais. Et Jacques ajoutait avec conviction : « C'est que votre indifférence la vexe ; elle est piquée au jeu, prenez garde, c'est une luronne. »

(La pendule sonne la demie.

..... Mais, je bavarde, ma foi...

(Il remonte à droite de la table et passe sa perruque rapidement, en se regardant de loin, dans la glace de la cheminée.)

Voyons, tâtons-nous bien...

(Il va, en haut du guéridon, sur lequel il prend son portefeuille.)

Mon portefeuille, histoire de prendre une main...

(Il trouve les gants dans la poche de son habit, en remontant en haut de la table de gauche.)

Mes gants, affaire d'y mettre les deux... Ah ! et ma fourrure pour couvrir le tout...

(Il prend sa fourrure sur le fauteuil, devant la cheminée, met le vêtement sur son bras gauche et se retourne vers la cheminée. Se ravisant, il prend vivement sur la table le faux-nez et le pose sur son visage en continuant :)

Et ceci pour couvrir ce qui reste encore.

(Il allume la bougie d'un bougeoir et souffle les deux bougies des candélabres. Il va pour sortir, prend son chapeau à gauche et entr'ouvre la porte).

Ah diable ! je savais bien... (Il se tâte encore).
... Mon révolver...

(Il redescend vers la cheminée et prend le révolver. Puis, se disposant à sortir :)

A nous les folles ivresses !

(On frappe discrètement. Surpris, il se retourne sans répondre, ahuri. On frappe de nouveau. Alors, avec humeur, il dépose chapeau et paletot fond gauche et descend un peu en disant :)

Entrez.

SCÈNE II

ELLE (Costume d'intérieur, élégant, une mantille sur la tête, un bougeoir à la main).

Bonsoir voisin.

(Léger temps... Tous deux au milieu un peu au fond, le bougeoir à la main.)

On fait des économies, ici.

(Il porte la main à son visage pour se démasquer. Elle retient son bras).

Non, non, pas ça, je vous en prie.

(Elle rit discrètement d'abord).

Vrai, vous alliez sortir, je crois.

(Elle pouffe. Devant cet accès d'hilarité, lui, descend avant-scène gauche, elle suit le mouvement vers l'avant-scène milieu.)

C'est jouer de malheur ; je n'ai pas eu de nez. Ah! mais, vous; oh! vous, vous savez, voisin, vous, oui. Pardonnez-moi ce caprice, mais quand le vôtre fera un rejeton, je m'inscris.

(Il fait mine de se démasquer. Elle, suppliante :)

Non, non, ne dérangez pas l'appareil.

(Il se démasque, pose le nez sur la table et va à la cheminée rallumer les bougies des candélabres.)

C'est dommage, vrai.

(Un léger temps... Elle va extrême droite quand les candélabres sont allumés, il vient vers elle jusqu'au guéridon.)

Mais trève de plaisanteries. (Elle rabat sa mantille.) Voilà que je vous taquine et j'ai à vous dire, au contraire, des choses très sérieuses puisque j'ose troubler votre solitude. Cependant, (avec regret) je vois que je suis importune, et...

LUI (s'excusant, essaie de placer un mot)

Je...

ELLE (avec volubilité, comme avant)

C'est inutile, je reste tout de même.

(Lui montrant un siège, elle s'assied à droite, sur la causeuse, près du guéridon).

Tenez, je vous en prie, voulez-vous m'accorder deux minutes.

(Elle dégage sa tête de la mantille qu'elle pose sur la causeuse. Lui s'assied dans le fauteuil, en face. Léger temps d'embarras...)

Vous me regardez, voyons voisin, je vais être sincère. Voulez-vous me permettre d'abord de déposer ceci ? (Elle tend le bougeoir.)

(Revenant un peu à lui, il se lève précipitamment et la débarrasse lui-même au-dessus du guéridon qu'il renverse presque. Il met le bougeoir sur le guéridon en se rasseyant dans le fauteuil :)

Là, au moins, vous voilà redevenu le galant homme qu'on m'a toujours vanté. Tantôt, quand j'ai frappé, vous avez hésité à répondre : entrez (Il veut protester, elle poursuit) et je gage, je gage que si quelqu'un vous eût prévenu de ma visite vous vous fussiez

empressé de continuer vos économies de
luminaire en me brûlant la politesse.

LUI (impatienté)

Souffrez au moins que je place une excuse;
j'eusse accepté un rendez-vous, dont j'ignore
d'ailleurs et le but et la cause, mais dont
je ne mets nullement en doute le charme,
mais du moins m'eussiez-vous accordé le
loisir de fixer une heure et d'avoir une
tenue...

ELLE (riant)

On ne peut plus décente...

LUI

Soit, mais un peu plus sérieuse.

ELLE

Allons donc; l'habit c'est l'omnibus de
l'élégance dans le monde où l'on s'habille,
et l'étiquette s'en accomode pour une noce
aussi bien que pour un enterrement.

Mais vous n'allez pas me faire l'injure
de croire que je suis venue ici, dans votre

logement de garçon, passé minuit, pour vous entretenir de la révision du cadastre ou de la répartition de l'impôt.

LUI (finement)

Dame ! c'est précisément parce que je vois bien, Madame, à quel orateur d'un talent particulier j'ai affaire que...

ELLE (achevant)

Vous ne voulez pas vous laisser convaincre ; vous êtes convaincu qu'il vaut mieux ne pas l'entendre. Tenez, j'aurais pu, comme on le fait au théâtre, par exemple, avoir recours à un subterfuge : entrer chez vous avec des airs effarés, sous prétexte qu'un clou s'est glissé dans ma serrure, et vous demander tout naïvement un asile... pour la nuit. Point, c'est une erreur ; (elle se lève et, en causant, pose ses mains sur le guéridon, comme un orateur) et comme erreur ne fait pas compte, je n'ai pas le mien encore.

LUI (radouci,
se levant et s'appuyant sur l'autre côté du guéridon).

C'est que, vous allez d'un train ! Je ne

suis pas plus bégueule qu'un autre, mais en vous voyant venir chez moi à pareille heure, je vais être aussi franc que vous l'avez été, j'ai cru bien sincèrement... dame ! c'est délicat, mais...

ELLE (descendant — il suit ce mouvement vers l'avant-scène milieu.)

J'achèverai pour vous. Vous avez cru que, comme toute petite femme qui se respecte, j'étais froissée de l'indifférence d'un voisin ordinairement aimable, et je venais esquisser sous ses yeux ébahis un pas séducteur. Je vous connais assez déjà pour savoir qu'à ce jeu je perdrais ma peine. Non, j'ai été plutôt curieuse ; et sincèrement, je me suis demandée d'abord pourquoi, vous qui avez vécu de la belle vie, vous ne seriez pas quelque peu mon ami. (Sur un geste d'étonnement.) Oh ! j'ai dit mon ami. Cela n'est peut-être pas absolument indispensable à votre bonheur ; mais c'est une idée de femme, et vous savez, quand c'est là...

(Elle se frappe le front et va extrême-droite, avan t-scène. Lui remonte à gauche du guéridon.)

Vrai... c'est une affaire conclue. Maintenant,

(elle remonte entre la causeuse et le guéridon.) je me suis présentée chez vous en rentrant du spectacle, (lui, remonte au-dessus du guéridon) persuadée que j'étais de vous trouver seul, prêt à aller au bal. J'ai franchi l'étage qui nous sépare, et me voilà ! (Câline) Pourquoi, dites-moi, ne pas accepter le traité d'alliance que je vous offre. (Elle se rassied en bas de la causeuse.)

LUI (s'accoudant à la causeuse, au-dessus d'elle)

Pourquoi ? Eh ! mon Dieu, ceux qui vous ont si bien renseigné sur mes sentiments ont dû vous le dire.

ELLE (railleuse)

Eh ! quelle horreur des dames !

LUI

Certes, les dames, voilà un substantif avec lequel je suis en froid. J'aurais mauvaise grâce à le nier.

(Il redescend extrême droite en passant entre la causeuse et la console.)

ELLE (de même)

On s'en douterait bien. Vous avez donc

éprouvé de bien grandes déceptions, monsieur mon voisin.

LUI

Des déceptions, non certes. (Avec fatuité)
En tout — car je suis guéri — j'ai été
amoureux — je dis amoureux — deux fois
dans ma vie.

ELLE (de même)

Jusqu'à cette heure ! (Elle se lève, passe devant le
guéridon et va avant-scène milieu.)

LUI (se rapprochant)

Jusqu'à cette heure ; et deux fois j'ai eu
l'occasion de m'en mordre les doigts.

ELLE (Vivement lui prenant la main avec effusion
et la rejetant aussitôt).

Les traces étaient légères, vous mordiez
en dedans...

(Elle rit et va s'asseoir sur le pouf, devant la table, de
l'autre côté de la scène, à gauche).

LUI (prenant un air sombre)

La véritable morsure était là.

(montrant son cœur)

ELLE

Là, c'est plus long à cicatriser.

LUI (venant devant la table, face à la cheminée)

Non. La première fois, j'avais trouvé un Monsieur dans ma robe de chambre.

ELLE

C'était convainquant, et voilà qui vaut mieux qu'un doute.

LUI (poursuivant)

Je suis rentré chez moi, j'ai passé une nuit horrible, et quand le jour est arrivé enfin, (il va à la fenêtre, à droite) j'ai ouvert la fenêtre, l'air froid a fouetté mon visage...

ELLE (tragique, se levant, sur place.)

Et vous avez pris votre élan ?

LUI
(changeant de ton. Il referme la fenêtre et revient en passant derrière la causeuse, à droite).

J'ai pris un rhume de cerveau qui a mis les rieurs du côté de mes adversaires.

ELLE (Elle se rassied, riant)

Si encore vous aviez eu votre robe de chambre !

LUI (continuant, revient devant la table)

La seconde fois enfin, j'entre chez la dame de mes rêves et de mes illusions ; je prends dans un cabinet de toilette, où j'accrochais la mienne d'ordinaire, une robe de chambre.

ELLE

Encore.

LUI (de l'autre côté de la table)

Je passe une manche, (montrant le bout de ses doigts) elle arrivait là. Vous m'avez compris, je prenais la robe d'un autre ! Cette fois, les rôles étaient changés. (il redescend au milieu)

ELLE

Les robes.

LUI

Et les rôles aussi.

ELLE

Et cette fois, pas de rhume de cerveau ?

LUI (revenant devant la table)

Je suis rentré chez moi, j'ai ouvert la fenêtre..... (il vient s'asseoir dans le fauteuil, à droite de la table.)

ELLE

C'est une manie, décidément.

LUI

Non, car j'avais pris un révolver.

ELLE

Diable !

LUI

Et j'ai tiré en l'air, espérant que l'infidèle, qui logeait à quelques mètres de distance, viendrait, dans l'espoir, peut-être, de pleurer sur mon cadavre. (Tragique) J'ai attendu vainement toute la nuit; mais le matin, au moment où la mort dans l'âme et le désespoir au cœur, je commençais à fermer l'œil tout de même, (elle sourit) j'entends frapper discrètement à ma porte.

ELLE (se lève triomphante et frappe des mains sur la table.)

C'était la petite femme qui venait demander un pardon accordé d'avance...

LUI (se levant, sur place, à droite de la table.)

C'était un sergent de ville qui m'annonçait une contravention pour tapage nocturne.

(Un léger temps pendant lequel elle passe au-dessus de la table et redescend entre la causeuse et le guéridon sur lequel elle reprend son bougeoir.

ELLE (avec dépit.)

Mon Dieu, voisin, si j'insistais, vous me permettriez sans doute de prolonger cette visite ; (il l'écoute plus attentivement, et l'examine avec plaisir) car, en somme, je ne suis ni une infidèle ni un sergent de ville ; mais dans ces conditions, vous deviendriez un homme dangereux.

Même en ami, j'aime mieux vous fuir à cette heure ; vous n'auriez qu'à vous venger sur moi des torts graves de ces dames envers vous. Et d'ailleurs (avec émotion) je vous en prie, considérez comme une folie, ma visite de ce soir.

LUI (de même, se rapprochant à gauche du guéridon.)

Comment pouvez-vous croire ?... si un mot dans tout ceci vous a froissée, je le retire ; excusez-moi.

(Il lui enlève le bougeoir et le pose sur le guéridon.)

ELLE (redevenant railleuse, à droite du guéridon.)

Allons donc ! vous redevenez galant. Ainsi nous serons bons amis...

LUI (empressé et avec intention)

Soit ! si vous voulez ; mais c'est tout.

ELLE (riant.)

Mais oui, on ne vous prendra pas votre amitié de force ; gardez vos théories et votre haine implaccable pour les dames. (Elle lui tend la main) Touchez là. (il hésite) Oh ! mais, je suis donc bien laide, décidément.

(Elle se rassied avec humeur sur la causeuse.)

LUI (vivement, debout à gauche du guéridon.)

Je vous en prie, comprenez mon hésitation. Et, tenez... oui, restons-en là, voulez-vous ?

Ah ! c'est que voyez-vous, les femmes !....
c'est un engrenage qui ne pardonne pas.

(Il va au milieu.)

ELLE (battant la semelle avec impatience.)

Grand merci de la comparaison.

LUI (malignement)

Quand le petit doigt est pris, tout y passe.
On lutte, on se révolte par moments, pour
ramper plus soumis, plus plat (avec un geste
moqueur, il tâte son gilet) ... Oh ! oui, plus plat, car
il n'y a plus de volonté pour l'homme
amoureux, à certaines heures ; et alors,
dignité, passé, présent...

ELLE (se levant)

Et avenir, toute la bonne fortune, quoi ?

LUI

Tout y reste. L'engrenage, enfin, l'engrenage qui vous mord, vous broie et vous
rejette quand vous n'offrez plus aucune
prise à ses dents de fer.

ELLE (émue et feignant une faiblesse. — Tous deux
avant-scène milieu.)

Hélas ! Monsieur, quel regret maintenant
d'être venue ici réveiller en vous une telle
colère ; je ne sais, moi, à quels souvenirs
vous faites ainsi allusion. Je vous jure, je
me repens sincèrement ; mais, allez au bal ;
allez d'une danseuse à l'autre ; et parce que
vous n'avez rien connu des passions vraies
dont le cœur d'une femme est capable, pour
la faute de quelques-unes, insultez les autres
en leur jetant votre dédain à la face. Ah !
vrai, ce n'est pas généreux de votre part.

LUI (se rapprochant)

Mais, encore une fois, il n'y a rien pour
vous dans tout cela. Vous venez me voir à
une heure et dans des conditions qui me
permettent certaines libertés de langage,
vous en conviendrez ; je vous donne des
explications dont j'eusse pu vous faire grâce,
il est vrai, et qui vous intéressent médio-
crement ; je devais cependant tout vous dire.

ELLE (avec intérêt)

Pour quel motif ?

LUI

Pour vous apprendre bien exactement à
qui vous avez affaire; et c'est une façon
comme une autre de vous dire, en somme,
que nous appartenons tous les deux, pardonnez-moi cette franchise, à un monde
qui, s'il ne garde pas beaucoup de ména-
gements avec les autres, n'en doit pas garder
davantage avec les siens! Aussi bien ai-je
hâte de rompre tous les liens qui peuvent
m'y rattacher encore.

ELLE (même jeu)

Peut-être songez-vous à vous marier...

LUI (descendant un peu à gauche)

Me marier! Est-ce qu'on se marie dans
notre monde; vous savez bien que non.
(Il revient.) Nous vivons à la façon des insectes :
les mâles restent libres, pour s'attacher plus
souvent; quant aux femelles...

ELLE

Oh ! voisin...

LUI

Je parle d'insectes... elles restent céliba-
taires pour... décoiffer sainte Catherine et
pour pendre des crémaillères. Et elles font
bien. (Il va à gauche devant la table.)

ELLE (de plus en plus attendrie, allant vers lui.)

Peut-être êtes-vous amoureux ?...

LUI (hésitant)

(A part) Pourquoi pas ?

(Elle a surpris son mouvement et fait un signe d'intel-
ligence, à part, comme si elle disait : Je le tiens !)

(Haut) Mais si cela était, (s'animant) si une
nouvelle fleur avait su m'enivrer par son
parfum suave...

ELLE (à part, au milieu, entre la table et le guéridon.)

Bon, voilà l'insecte qui reparaît, tenons-
nous bien.

LUI (avec feu, lui prenant les mains qu'elle abandonne
avec coquetterie.)

Si cela était, enfin, quel conseil me don-
neriez-vous ? (avec persuasion)

ELLE (minaudant d'abord, feint d'écouter du côté de la porte et retire lentement sa main)

Prenez garde !...

(Elle monte vers la porte entre la table et le guéridon.)

LUI (suppliant, a suivi son mouvement)

Bah ! qu'ai-je à redouter (il se rapproche).

ELLE (mettant un doigt sur sa bouche avec mystère — il l'écoute attentivement — elle redescend entre la causeuse et le guéridon sur lequel elle reprend son bougeoir.)

L'engrenage !

(Elle change subitement de ton et le salue, le bougeoir à la main, remontant à droite du guéridon.)

LUI (vexé, entre la table et le guéridon.)

Oui, raillez ; vous avez beau jeu, ma foi, je viens de vous faire la partie belle !

ELLE (sérieusement — à l'avant-scène droite)

Non, trêve de taquineries, j'ai abusé ; allez au bal, voisin ; on vous y attend avec impatience sans doute. (Comme il fait un pas vers elle, elle remonte entre la causeuse et le guéridon qu'elle met entre eux.)

Bonne chance et mille excuses !

(Elle court à la porte, laissant sa mantille sur la causeuse, à droite, se retourne sur le seuil, et sur un geste de lui :)

Bonsoir !

(Elle disparaît, lui fermant la porte au nez.)

SCÈNE III

LUI (s'arrêtant net devant la porte qui lui a été fermée au nez, il redescend pensif et vient s'asseoir près de la table, comme au début de l'acte, accoudé)

Ah çà ! voyons, mon pauvre ami, serais-tu toujours le même écervelé ? Que m'importe après tout cette coquette. (Une pause — il prend machinalement la plume à la main) Elle n'est pas désagréable, certes ; de jolis yeux, un bagout de bon aloi et qui tiendrait lieu d'esprit à à beaucoup d'autres ; un... (se levant brusquement, en rejetant la plume, il se dirige vers la fenêtre, à droite. Il aperçoit la mantille et s'en empare, en revenant entre la console et la causeuse, au premier plan.) Tiens, qu'est cela ? (il l'approche de ses narines avec convoitise) Hum ! quel parfum, quelle suavité dans cet *odor di femina* qui ne vous rappelle rien de

précis, rien de défini, et qui vous remet
cependant en mémoire des idées... (il embrasse
la mantille dans un mouvement convulsif) Halte-là !
morbleu ! Où allons-nous, Céladon. Oh !
pas de çà. Elle n'aurait qu'à me guetter et
à croire...

(Il rejette la mantille sur le guéridon, et joue le reste
de la scène avec un peu de précipitation.)

Diable, diable ! si j'y allais de ce train...
Hâtons-nous de déguerpir, sans cela.....
(Il fait un signe sur sa main, le bout des doigts, puis la
main, puis le bras, avec une certaine inquiétude.)

L'engrenage...

Vite, mettons une douzaine de jolies femmes
entre ce démon et moi. (Il refait la scène du début,
prend sa fausse perruque, son faux nez, sans le mettre,
souffle les bougies et, le bougeoir à la main, va vers la porte.)
Mais, au fait, par convenance au moins, je
pourrais lui rendre cette mantille qu'elle
cherche peut-être à cette heure, à moins...
(Une idée subite le réjouit, il s'arrête.) à moins qu'elle
ne l'ait laissée volontairement... Eh parbleu !
oui, grand dada que je suis ! (Il redescend en
réfléchissant.) Mais alors, soyons logique ; elle
compte venir la reprendre, et là, tout-à-
l'heure...

(Il écoute. Un bruit est sensé se faire entendre dans l'escalier. Il dépose le bougeoir en haut de la table.)

C'est elle ! Pour sûr, c'est elle !

(Il jubile et se range à gauche de la porte, masqué par les tentures, et, ayant déposé à la hâte sur le fauteuil sa fourrure)

C'est drôle, la femme change... il n'y a que moi qui ne change pas.

(On frappe discrètement ; il fait un geste de triomphe sans répondre. On frappe encore, alors avec douceur :

Entrez...

SCÈNE IV

(Un domestique paraît et descend de deux pas. Lui le saisit presque dans ses bras croyant prendre la taille d'Elle. Ahurissement pendant lequel le domestique tourne devant lui et la table, et se trouve entre cette dernière et la cheminée. Le tout comiquement, mais sans charge.)

LE DOMESTIQUE

Madame a oublié...

LUI (le repoussant brusquement et fermant la porte)

Pas ici, certes...

SCÈNE V

LUI (seul, avec fatuité, indiquant la mantille qu'il a quittée)

Le domestique d'abord, elle ensuite...
Elle y viendra, pourtant...

(Il descend avant-scène droite.

ou elle ne viendra pas... (menaçant) Si elle
ne vient pas !...

(Transigeant, en remontant entre le guéridon et la causeuse, il prend la mantille.)

Si elle ne vient pas, j'irai !.. (Il écoute une seconde.)

Elle ne vient pas... J'y vais !
A bon chat, bon rat !

(Rideau)

DU MÊME AUTEUR :

Un Préjugé, comédie en 1 acte, en prose, couronnée au concours officiel de la ville de Marseille, 1879, représentée pour la première fois sur la scène du Gymnase (mai 1879). 1 brochure.

Déflorée, étude réaliste en prose (2 éditions entièrement épuisées).

Chronique Locale, reportage en 1 acte, en prose, représentée pour la première fois au théâtre du Gymnase (1880).

Denis Dussoubs, poème lyrique (épisode de l'*Histoire d'un Crime*). 1 brochure.

Qui trop embrasse..., comédie en 1 acte, en prose, représentée pour la première fois sur la scène du Gymnase (avril 1881). 1 brochure.

Les Signes, monologue en vers, dit par M. Baron, artiste du Gymnase. 1 plaquette avec eau-forte.

Le dépôt principal des ouvrages ci-dessus se trouve à Marseille :

LIBRAIRIE MARSEILLAISE, 34, rue Paradis

Imprimé par

TRABUC, EVESQUE & RAVIOLO

66, rue Saint-Ferréol

MARSEILLE

DU MÊME AUTEUR :

Un Préjugé, comédie en 1 acte, en prose, couronnée au concours officiel de la ville de Marseille, 1879. représentée pour la première fois sur la scène du Gymnase (mai 1879). 1 brochure.

Déflorée, étude réaliste en prose (2 éditions entièrement épuisées).

Chronique Locale, reportage en 1 acte, en prose, représentée pour la première fois au théâtre du Gymnase (1880).

Denis Dussoubs, poème lyrique (épisode de l'*Histoire d'un Crime*). 1 brochure.

Qui trop embrasse..., comédie en 1 acte, en prose, représentée pour la première fois sur la scène du Gymnase (avril 1881). 1 brochure.

Les Signes, monologue en vers, dit par M. Baron, artiste du Gymnase. 1 plaquette avec eau-forte.

Le dépôt principal des ouvrages ci-dessus se trouve à Marseille :

LIBRAIRIE MARSEILLAISE, 34, rue Paradis

Imp. Trabuc, Evesque & Raviolo. — Marseille.

www.ingramcontent.com/pod-product-compliance
Lightning Source LLC
Chambersburg PA
CBHW060855180626
46818CB00004B/1718